dtv

Chefs und ihre Ansagen: Das ist nicht nur ein Kapitel für sich, das ist ein ganzes Buch! Peter Derber hat Chef-Sprüche gesammelt und ordentlich sortiert, zum Beispiel nach typischen Führungsaktivitäten wie »Verdruss äußern«, »Mitarbeiter beleidigen« oder »Druck machen«. Da kann auch jeder Chef noch was lernen!

Wobei in der Chefetage ja in der Regel gilt: »Meine Meinung steht fest, bitte verwirren Sie mich nicht mit Tatsachen.«

Peter Derber, Jahrgang 1979, arbeitet in einer großen internationalen Wirtschaftsberatung. Zwangsläufig wird er daher oft Zeuge von Chef-Sprüchen in allen Variationen. Der Autor veröffentlicht unter Pseudonym.

Peter Derber

STRESS HAT NUR DER LEISTUNGS-SCHWACHE

Die fiesesten
Chef-Sprüche

Deutscher Taschenbuch Verlag

Auch als eBook erhältlich.

Für meine Familie

Danke für Eure Erziehung und die für Euch selbstverständliche Unterstützung, die mich zu einem freidenkenden, optimistischen Menschen gemacht haben, der Wichtiges von Unwichtigem unterscheiden und daher nahezu alles im Leben mit einem Lächeln meistern kann.

Ausführliche Informationen über
unsere Autoren und Bücher
finden Sie auf unserer Website
www.dtv.de

FSC www.fsc.org
MIX
Papier aus verantwortungsvollen Quellen
FSC® C019821

Originalausgabe 2014

Umschlagkonzept: Balk & Brumshagen
Umschlaggestaltung: Lisa Höfner
Satz: Greiner & Reichel, Köln
Gesetzt aus der Excelsior 9,75/13,3˙
Druck und Bindung: Druckerei C.H. Beck, Nördlingen
Gedruckt auf säurefreiem, chlorfrei gebleichtem Papier
Printed in Germany · ISBN 978-3-423-34795-2

Inhalt

Plattitüden und Berater-Talk sind aus dem Geschäftsalltag nicht mehr wegzudenken. Sie haben längst die Grenze zwischen Management und operativer Ebene überschritten und durchsetzen top-down sämtliche Schichten von Organisationen. Und umso größer und internationaler die Unternehmen sind, desto wahrscheinlicher ist, dass dieser Prozess schon auf Hochtouren läuft. Erkennbar wird diese Situation, wenn sich beispielsweise Geschäftstreffen bereits nach wenigen Minuten zu reinen Rhetorikveranstaltungen entwickeln, die mit wortmalerischen Phrasen am Leben gehalten werden. Man gewinnt den Eindruck, dass der Kreativität hierbei keine Grenzen mehr gesetzt sind.

In meiner Zeit als Unternehmensberater habe ich gemeinsam mit Vorständen, Geschäftsführern, Bereichs-,

Werks- und Abteilungsleitern an strategischen Konzepten gefeilt, Organisationen neu aufgestellt sowie Firmen von Grund auf restrukturiert. Somit arbeitete ich eng mit erfolgreichen Unternehmenslenkern und Führungskräften zusammen und konnte in den letzten Jahren diverse Organisationen kennenlernen. Dabei war ich unzählige Male Zeuge von Situationen, die ähnlich der folgenden abliefen:

Es bestand seit längerer Zeit ein Problem. Mittlerweile waren die Folgen bereits so weitreichend, dass selbst die Führungsetage schon davon gehört und bemerkt hat, dass irgendwas im Unternehmen nicht richtig lief. Und die Zeit rannte den Beteiligten wie immer davon, da versäumt wurde, das Problem rechtzeitig in Angriff zu nehmen. Ergebnis: es musste auf dem schnellsten Weg eine Lösung gefunden werden. Dafür übertrug die Unternehmensleitung die Aufgabe einem Verantwortlichen des mittleren bis oberen Managements: »Herr XY, Sie kennen die Schwierigkeiten und es besteht immenser Zeitdruck. Es bleibt nicht mal mehr Zeit, die Axt zu schärfen, sondern es müssen jetzt Bäume gefällt werden. Wie haben Sie vor, diese Herausforderung proaktiv zu managen?«

Manager: »Vielen Dank für Ihr Vertrauen. Im Rahmen einer transparenten und ergebnisorientierten In-Out-Analyse, sollen die essenziellen Risk Issues, Show Stoppers, Stakeholder Consequences und Influencing Factors konkretisiert werden, um eine nachhaltige Lösung entwickeln zu können. Parallel hierzu wird eine Definition eindeutiger Key Performance Indicators erfolgen, um

Reibungsverluste minimieren, Milestones quantifizierbar hinterlegen und das volle Cost-Optimization- und Synergiepotenzial in die Business Performance übertragen zu können. Die erforderlichen Maßnahmen werden mit ihren P+L sowie Cashflow-Effekten getrackt – short-term wird dies über eine Open Action List innerhalb des Teams über den SharePoint Server gehandled, die long-term Solution sieht einen Transfer in das ERP-System vor. Dazu wird ein full-time Core Team gebildet, das durch Experten aus den Fachabteilungen part-time supported wird. Die Key Player sind bereits identifiziert und das Projektteam Onboarding sowie der Kick-off in Vorbereitung. Jetzt beginnt das operative Doing und die Challenge ist nun, die PS auch kontrolliert und skalierbar auf die Straße zu bringen. Hierfür ist das kollektive Commitment der Unternehmensleitung unabdingbar und es sollte ebenfalls über eine Projektpatenschaft auf Ihrer Ebene nachgedacht werden.«

Unternehmensleitung: »Sehr gut, das geht in die richtige Richtung. Bitte halten Sie uns auf dem Laufenden, damit wir richtig auf die Orgel treten können.«

Was ist passiert? Richtig, gar nichts. Spätestens wenn Sie das Beispiel nochmals lesen, werden Sie folgende Punkte feststellen:

1. Kein konkreter Auftrag

2. Keine verbindlichen Aussagen

3. Keine Verantwortlichkeit – beziehungsweise wurde diese wieder an die Unternehmensleitung zurückdelegiert

4. Es klingt ziemlich toll, was der Manager alles machen wollte

5. Außer leeren Phrasen und verronnener Zeit gibt es nichts festzuhalten

Für uns Unternehmensberater ist diese Art der Aufgabendelegation und -kommunikation ein gefundenes Fressen, da es in der Regel nicht lange dauert, bis uns das betreffende Management um Hilfe bittet.

Ich war mir jedoch nicht immer sicher, ob ich über diese Situationen nun lachen oder weinen sollte. Da ich an der Ursache allerdings nichts ändern konnte, entschied ich mich letzten Endes für Ersteres und begann, inhaltsleere Phrasen, die mir während meines Arbeitsalltags mit Führungskräften unterkamen und regelmäßig für Heiterkeit im Team sorgten, zu notieren, um diese nicht zu vergessen. So entstand innerhalb von drei Jahren diese kleine Redeblumensammlung mit mittlerweile mehr als 500 Sprüchen.

Trotz der Freude, die mir viele der Phrasen bereiteten, war ich immer wieder verwundert darüber, wie freizügig doch der Umgang mit Floskeln innerhalb der Firmen war. Bei vielen Mitarbeitern führte exakt dieses Verhalten auch zu der Wahrnehmung, dass der Chef ein oberflächlicher Wichtigtuer war, der seinen Pflichten nicht nachkam, zu wenig Einfühlungsvermögen zeigte, nicht Herr der Lage war und auch keinen wesentlichen Leistungsbeitrag erbrachte. Und das war meist schade, da die Mehrzahl an Führungskräften, mit denen ich arbeiten durfte, weder dieser Wahrnehmung entsprach noch ein ähnliches Bild transportieren wollte. Des Weiteren aber spreche ich ganz bewusst vom Vorgesetzten und lasse die Damen außen vor, da ich zu keiner Zeit eine weibliche Führungskraft kennengelernt habe, die sich in vergleichbarer Art zur Phrasendrescherei hinreißen ließ. Vielleicht liegt der Grund für den geringen Anteil von Frauen in Führungspositionen ja genau daran – zu viel Inhalt, zu konkret und zu zielorientiert.

Aber Spaß beiseite: leere Phrasendrescherei beschert Ihnen sicherlich keinen beruflichen Erfolg. Jedoch bin ich überzeugt, dass Sie Ihren eigenen Arbeitsalltag bei dem ein oder anderen Spruch wiederfinden oder an Situationen zurückdenken werden und dann zu sich selbst sagen: »Ja, das kenne ich. Das gibt es bei uns auch« – und sich vor Lachen kaum noch halten können. So zumindest erging es meinen ehemaligen Kollegen, die Tränen gelacht haben, als sie sich die alten Gassenhauer wieder zu Gemüte führten.

Nun, was sollte Ihr Chef denn eigentlich tun? Die vier zentralen Tätigkeiten im Management sind Planung, Organisation, Führung und Kontrolle. Wenn sich einige von Ihnen nun fragen, wieso Ihr Chef irgendwie immer etwas ganz anderes macht, dann gehe ich davon aus, dass Sie Ihren beruflichen Alltag auf den folgenden Seiten öfter entdecken werden als Ihnen lieb ist.

Die hier versammelten Floskeln stammen alle aus dem Tagesgeschäft und werden tatsächlich in Unternehmen verwendet. Durch die thematisch nach kommunikativen Führungsaktivitäten gruppierte Gliederung zeige ich den grundsätzlichen Situationsbezug auf, in dem sich die Sprüche zugetragen haben. Zum Beispiel Mitarbeiter zu etwas aufzufordern und sie zu motivieren, Themen aufzuschieben oder nach vorn zu treiben oder auch Mitarbeiter zu loben oder zu kritisieren.

Falls Sie vorhaben, sich diese Sprüche anzueignen, können Sie diese Klassifizierung natürlich auch zur Anwendung heranziehen. Sie müssten sich »im Ernstfall« nur immer kurz fragen, was Sie gerade tun möchten: beispielsweise Verdruss äußern oder einen Mitarbeiter beleidigen – und könnten dann aus Ihrer geistigen Datenbank den passenden Spruch zur Situation abrufen (Nachahmung wird allerdings nicht empfohlen).

Ich wünsche Ihnen nun viel Spaß auf den kommenden Seiten und hoffe, dass Ihnen dieses Buch beim Lesen so viel Freude bereitet wie mir beim Schreiben.

Ihr Peter Derber

Jeder Vorgesetzte muss seine Schäfchen hin und wieder auffordern, eine Aufgabe zu erledigen, und sie motivieren. Im Rahmen meiner Tätigkeit wohne ich vielen Teambesprechungen bei und werde daher immer wieder Zeuge interessanter Aussagen, die der inhaltlichen Erklärung der Aufforderung folgen und dazu gedacht sind, deren Empfänger zu Neuem oder aufs Neue anzuspornen.

Die schöne Welt der Fußballmetaphern

»Das läuft wie ein Länderspiel.«

»Es sind die Stürmer, die den Beifall ernten.«

»Es sind die Stürmer, die die Tore schießen.«

Flora und Fauna

»Dann ist die Birne geschält.«

»Dann steht das Pferd im Stall.«

»Dazu ist Ausdauer erforderlich, mein Lieber, und wahre Ausdauer ist, einer Kuh ein Stück Zucker zu geben und so lange am Hintern zu lecken, bis es süß schmeckt.«

»Der frühe Vogel fängt den Wurm, aber die zweite Maus bekommt den Käse.«

Kein Meister fällt vom Himmel

»Das geht in die richtige Richtung.«

»Es liegt nicht an dir.«

»Steter Tropfen höhlt den Stein.«

Mal ganz deutlich

»Hilf dir selbst, dann hilft dir Gott.«

»Hilf dir selbst, sonst hilft dir ein Sozialarbeiter.«

»Um das Ergebnis zu erreichen, müssen wir jetzt jeden Stein umdrehen.«

»Voran ist nicht fertig. Das eine schreibt sich mit v und das andere mit f.«

»Wer zuletzt lacht, lacht am besten.«

»Wiedersehen macht Freude.«

Prinzip Hoffnung

»Andere Mütter haben auch schöne Töchter.«

»Der Teufel ist nie so schwarz, wie man ihn malt.«

»Die Hoffnung stirbt zuletzt, aber Stolz bleibt ewig.«

»Glück im Spiel, Geld für die Liebe.«

»Nichts muss, aber alles kann; außer Tiernahrung.«

»Stellen Sie sich vor, dass wir an einen potenziellen Kunden mit einem potenziellen Produkt in einer potenziellen Situation herantreten – sehen Sie das gewaltige Potenzial, das hier innewohnt?«

»Wie es nicht geht, das wissen wir jetzt.«

Und: Action!

»Dann können wir richtig auf die Orgel treten.«

»Das ist Fernsehen!«

»Das muss schneller gehen – ihr bewegt euch nach der Sonnenuhr und es läuft die Stoppuhr.«

»Die Straße ist nicht so steil, dass wir sie in Serpentinen erklimmen müssen.«

»Doppelte Arbeit, doppelter Spaß.«

»Nur Mut zum Risiko.«

»So ihr Weicheier, beleidigt sein ist jetzt vorbei, wieder ran an die Arbeit.«

»Wenn keiner mehr geht, geht immer noch einer.«

»Wer die Backen aufbläst, muss auch pfeifen können.«

»Wer später bremst, fährt länger schnell.«

»Wir müssen in die Kerbe schlagen.«

Von Anfang und Ende

»Abgerechnet wird immer am Ende.«

»Aller Anfang ist schwer, sprach der Dieb und stahl einen Amboss.«

»Alles, was uns nicht umbringt, tötet uns auch nicht.«

»Auch Wolkenkratzer haben mal als Keller angefangen.«

Vorbereitung ist alles

»Vertrauen ist gut, Kontrolle ist besser.«

»Wer zu spät kommt, den bestraft das Leben.«

»Wir müssen uns jetzt schon darauf vorbereiten, damit die Welle nicht so hoch über uns schwappt.«

»Wir sollten die Jacke schon mal aus dem Schrank holen. Denn falls das so weitergeht, müssen wir uns warm anziehen.«

Hin und wieder werden Aufgaben trotz der vehementen Versuche der Chefs, die Mitarbeiter dazu anzuspornen, nicht rechtzeitig erledigt. Anstatt jedoch die Hintergründe oder Ursachen gemeinsam zu erörtern, um eine praktikable Lösung zu finden, ist meist Druck die präferierte Alternative. In dieser Situation wird der betreffende Mitarbeiter in der Regel direkt von seinem Vorgesetzten dazu aufgefordert, die Aufgabe nun schnellstmöglich zu erledigen, ansonsten hätte es Konsequenzen. Verpackt werden Drohungen dieser Art beispielsweise in folgenden Floskeln:

Schreckensherrschaft

»Angesprochen fühlen darf sich alles, was Beine hat – außer Tische, Stühle und Gehbehinderte.«

»Dann ist Polen offen – aber so was von.«

»Das müssen wir schaffen, sonst boxt nächste Woche der Papst.«

»Das Taxi muss fahren, mit oder ohne.«

»Entweder ändern sich die Zahlen oder die Gesichter.«

»Sonst können wir nur noch den Schlüssel umdrehen.«

»Wenn sich das so nicht lösen lässt, dann muss ich Ross und Reiter nennen.«

Sinnbildliche Weisheit

»Das liebste Möbelstück des Teufels ist die lange Bank.«

»Den Daumen drauf und den Druck im Kessel lassen.«

»Der frühe Vogel fängt den Wurm.«

»Drücken Sie bei dem die Klingel, aber kräftig mit dem Ellenbogen, nicht nur mit dem Daumen.«

»Wir haben keine Zeit, die Axt zu schärfen, wir müssen jetzt Bäume fällen.«

Ist es zu hart, bist du zu schwach

»Das Leben ist kein katholisches Mädchenpicknick.«

»Das Leben ist kein Ponyhof.«

»Das Leben ist kein Wunschkonzert.«

»Ein Büro ist keine Sonntagsschule.«

»Wir spielen hier doch nicht Mau-Mau im Mädchenpensionat.«

Augen zu und durch

»Nachher kann man den Krieg nicht mehr gewinnen.«

»Nie ist nicht immer.«

»Orange heißt Gas.«

»Wer bremst, verliert.«

»Wir haben zwar noch viele Hügel zu erklimmen, und das werden wir nicht ohne Verluste hinnehmen können, aber das geht in die richtige Richtung.«

Nur die Harten kommen in den Garten

»Versuchen Sie wieder so auszusehen, als ob Sie arbeiten? Klotzen Sie endlich ran.«

»Wenn auf der Brücke gearbeitet wird, muss auch der Maschinenraum ranklotzen.«

»Wenn der Spatz schon so fett wie eine Taube wäre, dann könnte er auch weggesperrt werden.«

Eine der schwersten Aufgaben für Führungskräfte liegt im Bereich des Feedbacks. Ob es sich um Lob, Kritik oder einfach nur ein kleines Danke handelt. Zum einen ist es in vielen Unternehmen wirklich Mangelware, zum anderen wird es meist schlampig praktiziert. Anstatt konstruktiv auf die Mitarbeiter zuzugehen und mit ihnen über konkrete Inhalte und Situationen zu sprechen, wird ziellos Unbedeutendes oder Emotionales diskutiert. Zusätzlich verstärkt wurde diese Situation durch leere Phrasen, die oftmals nur dazu gedacht sind, gemeinsame Gespräche abzurunden.

Kluge Sprüche

»Der Apfel fällt nicht weit vom Stamm.«

»Der Krug geht so lange zum Brunnen, bis er bricht.«

»Nur der Schweigende hört.«

»Tja, die Wahrheit tut immer weh.«

»Viele denken, dass sie erst ein ernstes Gesicht machen müssen, um ernst genommen zu werden.«

Kurz und bündig

»Danke, Anke.«

»Firma dankt.«

»Jawohl Tirol.«

Spitzzüngig, fies und arrogant

»Das glaube ich für Sie mit.«

»Das ist jetzt Bildzeitungsniveau.«

»Die Tür ist zu, der Himmel ist vernagelt, das Fegefeuer wartet auf Sie.«

»Noch so ein Ding und Sie haben verspielt bis zur Eiszeit.«

»Wenn ich in Ihrer Situation wäre, würde ich mir die gleiche Frage stellen.«

Eisen, Stahl und Potenz

»Die Kette ist nur so stark wie ihr schwächstes Glied.«

»Schweiß allein kann Talent nicht ersetzen.«

»Sie sind so flexibel wie ein Amboss.«

»Sie sind so flexibel wie eine Eisenbahnschiene.«

»Sie sind zwar wie ein Tiger angesprungen, aber wie ein Bettvorleger gelandet.«

»Wir haben den Ferrari bestellt und den Fiat bekommen.«

Mach dich mal locker

»Das ist ein Typ, mit dem man Pferde stehlen kann.«

»Sie sind ein Freigeist im Labyrinth der Kleingeister.«

»Sie sind mein bestes Pferd im Stall.«

»Stress hat nur der Leistungsschwache.«

Die wohl anstands- und schamloseste Form des Umgangs mit Mitarbeitern ist, sie zu beleidigen. Aber auch davor machen viele Führungskräfte nicht halt. Unter hohem Druck, im Frust oder im Zorn (oder auch mal einfach so) werden Aussagen gegenüber Kollegen und Mitarbeitern getätigt, die aus meiner Sicht untragbar sind. Wie können sich nur Menschen, die tagtäglich miteinander arbeiten, so verhalten? Diese Frage kann ich mir bis heute nicht beantworten, aber anscheinend ist der Mensch dem Menschen doch oft ein Wolf.

Kurz gefasst

»Halt's Maul. Geh weiter.«

»Licht an, keiner da.«

»Schnauze, Paul!«

Land und Leute

»Das Fleisch war willig, aber das Gras war nass.«

»Das ist, als ob der Blinde von der Farbe redet.«

»Das ist, als ob der Einbeinige vom Rollerfahren redet.«

»Das sieht doch ein Blinder mit einem Krückstock.«

»Der geht zum Lachen nicht in den Keller, der fährt den Stollen hinunter.«

»Ein Theoretiker ist ein Mensch, der praktisch nur denkt.«

»Es gibt zehn Arten von Menschen – die binär denken können und die es nicht können.«

»Es gibt Leute, die glauben, dass ein Zitronenfalter wirklich Zitronen faltet.«

»Ich komme mir vor wie beim Beamten-Mikado – wer sich hier als Erster bewegt, hat verloren.«

»Jetzt haben wir ein Full-House: drei, die keine Ahnung vom Thema, und zwei, die keine Lust haben.«

»Keiner ist unnütz, er kann noch als schlechtes Beispiel dienen.«

»Unter den Blinden ist der Einäugige König.«

Tiefschlagverdächtig

»Alt genug und doch nicht klug.«

»Da kann ich gleich den Bock zum Gärtner machen.«

»Das Beste beim Diktieren ist, dass man Worte verwenden kann, von denen man keine Ahnung hat, wie sie geschrieben werden.«

»Ich sage immer, wehret den Anfängen – und den Anfängern. Da gehören Sie dazu.«

»Natur gegen Dressur. Natur setzt sich immer durch.«

»Selbsterkenntnis ist der erste Weg zum Selbstmord.«

»Sie sind aber groß geworden.«

»Sie sind zwar nicht die Supersize der Avantgarde, aber auch nicht schlecht.«

»So wie Sie arbeiten, möchte ich mal Urlaub machen.«

»Tolle Rede – habe eine Gänsehaut bekommen.«

»Wer ein großes Maul hat, muss einen breiten Rücken haben.«

»Wer Ordnung hält, ist nur zu faul zum Suchen.«

»Wir verspotten, was wir nicht verstehen können.«

»Würden Sie besser zuhören können, wenn ich Ihnen das Handy in den Hintern stecke?«

Tierisches

»Alte Bienen geben wenig Honig.«

»Der Apfel fällt nicht weit vom Pferd.«

»Mit den großen Hunden pinkeln gehen wollen, aber das Bein nicht heben können.«

Unter der Gürtellinie

»100 000 Spermien und Sie waren das schnellste?«

»Entweder Sie werden aggressiver oder attraktiver, aber so wird das nichts.«

»Es genügt nicht, zu einem Thema keine Meinung zu haben – man muss auch noch unfähig sein, sie zu formulieren.«

»Sie haben nichts drauf außer Zahnbelag.«

»Sie sind ein Gesichtselfmeter.«

»Sie sind eine Null, so groß wie der Äquator.«

»Was können Sie, das andere Leute nicht können? Ihre Handschrift lesen?«

»Was sind Ihre Stärken? Betriebs- und Weihnachtsfeiern?«

»Wenn du zwei Kilo abnehmen willst, dann putz dir mal die Zähne.«

»Wenn ich Ihr Gesicht hätte, dann würde ich freudestrahlend in eine Kreissäge laufen.«

»Wenn ich Ihr Gesicht so sehe, gefällt mir mein Hintern wieder.«

»Wenn man keine Ahnung hat, einfach mal die Fresse halten.«

»Wenn sein Hirn aus Glas wäre, könnte man Darmaktivität live und in HD sehen.«

Zwischen den Zeilen

»Der Unterschied zwischen Amateur und Profi – der Profi ist auch im Detail stark.«

»Feuchtes Händchen oder ein glückliches?«

»Sie werden später noch viel arbeiten müssen.«

»Toleranz ist das unbehagliche Gefühl, der andere könnte am Ende vielleicht doch recht haben.«

»Um das zu entscheiden, muss ich betrunken sein. Weiß nicht, ob es am Mut liegt, aber irgendwie unterstützt es die Entscheidungsfindung.«

»Wer den Ruf des Frühaufstehers hat, kann getrost den ganzen Morgen im Bett bleiben.«

»Wer glaubt, unentbehrlich zu sein, sollte sich mal auf dem Friedhof umsehen.«

»Wir brauchen keinen blinden Aktionismus bei geistiger Windstille.«

Welcher Chef schiebt nicht gern mal einen Termin auf oder kümmert sich erst nächste Woche um eine Aufgabe? Wer hat nicht manchmal die ewigen Diskussionen um ein Thema satt und würde gerne einfach auf den Tisch hauen, um zu sagen, dass es jetzt so gemacht wird und nicht anders? Gerade im Rahmen von kritischen Projekten, bei denen die Gemüter hochkochen, kommt es immer wieder zu diesen Situationen, und in diesem Zusammenhang ergeben sich häufig interessante Aussagen.

Abwarten und Tee trinken

»Bitte entkonkretisieren Sie Ihre Aussagen. Danach machen wir nochmals einen gemeinsamen Risk-Check.«

»Da müssen Sie noch am Wording feilen.«

»Das ist nur die halbe Miete.«

»Das müssen wir aktiv, wenn nicht sogar proaktiv diskutieren.«

»Davon sind wir noch Lichtjahre entfernt.«

»Man muss sehen, ob es sich um eine Melodie oder doch nur um einen Tinnitus handelt.«

»Nicht so schnell – zwischen Kinderarzt und Pathologe kommen viele Untersuchungen.«

»Sehen Sie Ihre Annahme eher als H1- oder H0-Hypothese?«

»Wir brauchen die richtige Flughöhe, um das Problem zu erkennen.«

»Wir müssen erst den Sand aus dem Getriebe fegen.«

»Wir warten damit, bis die glückliche Situation vor der Tür steht und uns die Fortune den Rückenwind gibt, um dieses Thema final anzugehen.«

Gegenstände des Alltags

»Da müssen wir jetzt einen Knopf dranmachen.«

»Das ist alter Wein in neuen Schläuchen.«

»Das ist Shampoo für die Glatze.«

»Die Axt ist am Baum.«

»Ich mach Schluss, aber wir haben noch Kuchen da.«

»Kippe aus, anschnallen, Schnauze halten.«

»Lassen Sie mich den Strauß weiterflechten.«

Zu spät

»Das ist so tot, so tief kann man das gar nicht begraben.«

»Das war das erste und auch das letzte Mal.«

»Der Drops ist gelutscht.«

»Der Ergebniszug ist abgefahren.«

»Der Keks ist gegessen.«

»Die Messe ist gelesen.«

»Die Nuss ist geknackt.«

»Die Würfel sind gefallen.«

»Ende Gelände.«

Urlaub auf dem Lande

»Aus die Maus. Diskussion beendet.«

»Dafür müssen Sie den Stallgeruch mitbringen.«

»Die Igel sind gekämmt.«

»Die Katze ist schon lange den Baum hoch.«

»Die Kirschen, die niedrig hängen, sind jetzt gepflückt.«

»Man fragt ja auch nicht die Frösche, bevor man einen Teich trockenlegt.«

Chefs sind immer Herr der Lage. Keine Situation, von der sie sich überfordert fühlen oder die sie nicht schon x-mal hatten. Nichts überrascht sie – wenn dann überraschen sie uns. Sie können alles aus dem Effeff und das sprechen sie auch ohne falsche Bescheidenheit gerne an.

Chefallüren

»Es gibt grundsätzlich zwei Meinungen: meine und die falsche.«

»Ich sage nicht, dass es Ihr Fehler ist, aber Ihnen werde ich die Schuld zuschieben.«

»Immer schön geschmeidig bleiben.«

»Ja, ja, wo soll ich unterschreiben?«

»Mein Körper gehört mir, aber ich bin bereit zu teilen.«

Essen und Trinken

»Auf alten Pfannen lernt man kochen.«

»Das kann man nur mit Leuten machen, mit denen man schon mal einen Sack voll Salz gegessen hat.«

»Den habe ich gefüttert, als ob er morgen an die Ostfront fährt.«

Lehren aus der Geschichte

»Alles kommt und geht, wie das Römische Reich.«

»Das geht aus wie das Hornberger Schießen.«

»Die Lage ist noch nie so ernst gewesen wie immer.«

»Die Rente ist sicher.«

»Früher hätte es so was nicht gegeben.«

»Keine Sorge, so schnell schießen die Preußen nicht zurück.«

»Nichts ist so beständig wie die Veränderung.«

Von salomonischer Weisheit

»Altes Holz gibt gutes Feuer.«

»Da steckt man nicht drin.«

»Die Offenheit ist indirekt proportional zum Ort des Geschehens.«

»Die Offenheit ist indirekt proportional zur hierarchischen Position der Teilnehmer.«

»Es kommt nicht darauf an, wie alt das Auto ist, sondern wie viele Kilometer es gelaufen ist.«

»Ich bin wirklich kein Zyniker, ich spreche bloß aus Erfahrung.«

»In der Ruhe liegt der Profi.«

»In der Ruhe liegt die Kraft.«

»Ironie des Schicksals, dass man hinterher alles besser weiß.«

»Ordnung ist das halbe Leben.«

»Papier ist geduldig.«

Keine Panik auf der Titanic

»Alter Mann ist doch kein D-Zug, hat aber Erfahrung.«

»Das Gras wächst nicht schneller, wenn man daran zieht.«

»Der will doch nur spielen.«

»Jahre lehren mehr als Bücher.«

»Schicksal, sagte die Leiche und starb weiter.«

»Wer ein altes Haus und eine junge Frau hat, hat Arbeit genug.«

Unverhofft kommt oft

»Das ist wie bei einer Schraube, nach fest kommt ab.«

»Das spielt keinen Tango.«

»Man soll den Arzt nicht vor der Rechnung loben.«

»Nach 1. kommt 2.«

Ober sticht Unter

»Das ist nicht in Stein, sondern in Granit gemeißelt.«

»Jetzt kommt mein Lieblingssatz: ich stelle hier die Fragen.«

»Lehrjahre sind keine Herrenjahre.«

»Pissen Sie einem alten Sheriff nicht an den Colt.«

»Wer kann, der kann.«

Klare Worte

»Bleiben Sie mal trocken im Schritt.«

»Furcht hat noch keinem Mann geholfen.«

»Gelacht wird nach der Pointe.«

»Ich kann alles.«

In diversen Situationen kommt es vor, dass Anmerkungen oder Phrasen als bloßes Statement abgegeben werden. Die Hintergründe und Ziele hierfür sind unterschiedlichster Natur: Sie reichen vom Einbringen einer witzigen Bemerkung bis zum Überfahren des Gegenübers mit einem Totschlagargument. Wer sich dieser Mittel bedient, muss sich auf jeden Fall über zwei Aspekte vollständig im Klaren sein: Wie ist die persönliche Beziehung zu den Anwesenden und welche hierarchische Rolle nehme ich selbst ein? Denn auf argumentativer Ebene riskiert man mit diesen Aussagen einen offenen Schlagabtausch.

Kluge Ratschläge

»Alle Verallgemeinerungen sind falsch, diese inbegriffen.«

»Beim Bücken nach einem Ein-Cent-Stück darf der Fünfziger nicht aus der Tasche fallen.«

»Besser im Weg stehen, als tot im Garten liegen.«

»Blausäure schmeckt ein bisschen nach bitteren Mandeln, aber nicht lange.«

»Das Leben ist wie eine Klobrille, man macht viel durch.«

»Die Summe aller Änderungen muss den Ist-Zustand ergeben.«

»Ein guter Schluss ziert alles.«

»Lieber Sonne im Herzen als Seife im Auge.«

»Nur ein offenes Fenster stützt den Arm.«

»Schwarze Schrift auf gelbem Grund, halte Abstand, bleib gesund.«

»Wenn das Auditorium einschläft, dann vertrauen sie dem Vortragenden.«

English forever

»Beauty lies in the eye of the beer holder.«

»Pain is temporary – glory lasts forever.«

»Please shut the window, it pulls!«

»Shit happens when you party naked.«

Mal ganz konkret

»Tee ist kompliziert und schmeckt scheiße.«

»Vorbeugen ist besser, als auf die Schuhe kotzen.«

»Wer lesen kann, ist klar im Vorteil.«

»Wer schreibt, der bleibt.«

Saufen, Fressen und Ficken

»98 Prozent aller Männer denken bei dem Wort Ficken sofort an Sex.«

»Das gehört zusammen wie Nutten und Koks.«

»Das gehört zusammen wie Waffen und Bier.«

»Echte Männer sind so hart wie ihre Leber.«

»Fettes Fleisch gibt fette Brühe.«

»Glücklich ist, wer verfrisst, was nicht zu versaufen ist.«

»Halb besoffen ist rausgeschmissenes Geld.«

»Ich habe einen Magister in Geisteswissenschaften. Möchten Sie Fritten dazu?«

»Ich habe einen Traum. Ich träume von einem großen Bier.«

»Ich messe die Zeit jetzt nur noch in Bierlängen.«

»Sex ist wie Luft – erst wirklich wichtig, wenn du keinen mehr bekommst.«

»Spinat schmeckt am besten, wenn man ihn kurz vor dem Verzehr durch ein großes saftiges Steak ersetzt.«

»Wer genügend Schnaps trinkt, versorgt sich mit allen lebenswichtigen Vitaminen.«

Vom Stapel

»Bringen Sie uns irgendwohin. Wir werden überall gebraucht.«

»Das ist das Gleiche in Grün.«

»Das ist der Joker.«

»Das Reh springt hoch, das Reh springt weit, warum auch nicht, es hat ja Zeit.«

»Dies ist vorläufig nicht falsifiziert.«

»Früher war ich unentschlossen. Heute bin ich mir nicht mehr sicher.«

»Ich habe mal ein Eichhörnchen gesehen, das größer als der Kölner Dom war.«

»Manche Leute glauben, dass Geld alles ist. Was soll ich sagen, die haben recht.«

»Rate mal mit Rosenthal.«

»Reden Sie vom Gefühl der Sterblichkeit oder der Angst vor dem Tod?«

»Wasch mir den Pelz, ohne mich nass zu machen.«

»Wieso ist Abkürzung ein so langes Wort?«

Von der Arbeit

»Achtung, Kunde droht mit Auftrag.«

»Arbeit fasziniert mich – ich kann sie für Stunden anschauen.«

»Auf viele Feiertage folgt selten ein guter Werktag.«

»Eine gutes Meeting ist wie ein Minirock – kurz genug, um interessant zu bleiben, und lang genug, um das eigentliche Thema abzudecken.«

»Ich beute immer noch die Unterdrückten aus.«

»Ich bin gerade voll in Stresshausen.«

»SABVA – Selbstsicheres Auftreten bei völliger Ahnungslosigkeit.«

»Wir müssen das geistige Potenzial auf die Straße bringen.«

Von der Ehe und anderen Events

»Echte Männer klatschen auf Beerdigungen.«

»Ehe ist ein ordnungspolitischer Aggregatzustand.«

»Es gibt sicher viele Gründe für die Scheidung, aber der Hauptgrund ist und bleibt die Ehe.«

»Wer nicht heiratet, kriegt auch keine Schwiegermutter.«

Wahre Worte

»Atheismus ist eine Non-Prophet-Organisation.«

»Liebe ist die Unfähigkeit zum Hass.«

»Ob ich denke oder pisse, alles läuft ins Ungewisse.«

»Schlaftablette – die Business Class des kleinen Mannes.«

»Träumen ist Kino für Arme.«

Kennen Sie diese Situationen, in denen man denkt: »Hallo, die 80er haben angerufen und möchten ihren Witz wiederhaben.«? Dieses beklemmende Gefühl steigt immer in mir auf, wenn mein Gegenüber Wortverdreher benutzt. Im Freundeskreis ist das ja in Ordnung, aber wenn mein Vorgesetzter mich ansieht und sagt: »Das ist was ganz was Ananas« und damit meint: »Das ist nicht vergleichbar«, oder »zum Bleistift« anstatt »zum Beispiel« gebraucht, dann läuft mir ein kalter Schauer über den Rücken. Aber was will man machen, man stößt immer wieder auf diese Phrasen.

Gastronomischer Genuss

»Das ist alles Spekulatius.«

»Das ist Spezi.«

»Das kann ja wohl nicht Warstein.«

»Ein blinder Mann trinkt auch mal einen Korn.«

»Ich hätte gerne eine Pepsi-Carola.«

»Jever ist ein durchlaufender Posten.«

»O.Käse

»Obst Du es glaubst oder nicht.«

Knapp daneben ist auch vorbei

»Ärztlichen Dank.«

»Aus Spaß wurde Ernst, und Ernst ist mittlerweile drei Jahre alt und kann sprechen.«

»D'Akkordeon«

»Das ist der Casus Kaktus.«

»Das ist doch ganz was Andreas.«

»Das kann jetzt aber Eiter werden.«

»Das läuft left.«

»Es ist nicht alles Volt, was strömt.«

»Frisieren geht über Studieren.«

»Jetzt sind wir auf Kurs nach Absurdistan.«

»Klingonisch, ist aber so.«

»Märchensteuer« (statt Mehrwertsteuer)

»Morgenstund hat Glied im Mund.«

»No command!«

»Toupet or not Toupet; das ist hier die Frage.«

»Wunderbärchen.«

Vom Buddhismus

»Alles in Buddha?«

»Buddhistisches Standesamt« (statt Statistisches Bundesamt)

Wer macht was?

»Der Klügere gibt Nachhilfe.«

»Der Scheck heiligt die Mittel.«

»Der Zwerg reinigt die Kittel.«

»Wer anderen eine Grube gräbt,
hat ein Grubengrabgerät.«

Fruchtig bis exotisch

»Das ist doch ganz was Ananas.«

»Das ist ja taiwansinnig.«

»O.Kairo«

»Ohne Ihnen Tsunami zu treten.«

Gut gekniggt ist halb gewonnen

»Herzlichen Glühstrumpf.«

»Hiermit verabscheue ich mich.«

»Oh, Verheizung.«

In einer Umgebung, in der viele Menschen zusammenarbeiten, kommt es natürlich immer dazu, dass Vorgänge nicht ganz so ablaufen wie ursprünglich geplant. Es passieren Fehler und Planabweichungen, Unerwartetes tritt ein. Wenn dies zu absehbar negativen Ergebnissen führt, stellt sich beim Verantwortlichen langsam ein Gefühl der Besorgnis ein. Auch für diesen Fall sind Chefs in der Regel kommunikativ gewappnet.

Die vier Jahreszeiten

»Ein welkes Blatt macht noch keinen Herbst.«

»Eine Blüte macht noch keinen Frühling.«

»Eine kühle Nacht macht noch keinen Winter.«

»Eine Schwalbe macht noch keinen Sommer.«

Einmal mit Schmackes

»Ach, du grüne Neune!«

»Ach, du heiliger Strohsack!«

»Ach, du liebe Güte!«

»Alter Schwede!«

»Das ist ja allerhand!«

»Das ist shocking!«

Tipps und Tricks

»Das ist keine Sache, die zwischen Tagesschau und Wetterkarte zu erledigen ist.«

»Das Projekt wird demokratisch und plötzlich reden alle mit – selbst der Pförtner sagt, den lassen wir nicht rein.«

»Von Vorständen kann man grundsätzlich nur die Kontonummer glauben.«

»Wenn es so leicht wäre, dann würde es ja jeder machen.«

»Wenn sich da nichts ändert, dann bleibt das so.«

»Wir dürfen nicht Pflaster auf Pflaster kleben.«

»Wir müssen jetzt auf Kimme und Korn gucken.«

Mal ganz ehrlich

»Bei dieser Vorgehensweise können wir gleich Spiritus ins Feuer gießen.«

»Dann reiße ich mit dem Hintern ein, was Sie mit den Händen mühsam aufgebaut haben.«

»Das darf nicht als einzelnes Fettauge auf der Suppe schwimmen.«

»Das ist kein Spaß mehr – war nie einer und wird nie einer.«

»Das Kind ist geboren und mir gefällt es nicht.«

»Das wird ein Tanz auf dem Vulkan.«

»Was das kostet, da muss eine alte Frau lang für stricken.«

»Wir müssen die Kuh vom Eis kriegen.«

Tierische Sorgen

»Da wird ja der Hund in der Pfanne verrückt.«

»Das ist der Moment, an dem der Frosch ins Wasser springt.«

»Eine Taube macht noch keinen Frieden.«

»Wenn dann der Schwanz mit dem Hund wedelt.«

»Wenn man das Ohr nicht auf den Boden legt, hört man auch den Büffel nicht kommen.«

Mit Besorgnis allein ist es jedoch leider nicht immer getan. Wenn Sachen nicht so laufen, wie es sich der Chef vorgestellt hat, oder tatsächlich schiefgehen, lässt er seinem Ärger oftmals freien Lauf. Mancher Chef mutiert dann zur Diva und reagiert launisch, trotzig und verdrossen – Beleidigungen einzelner Beteiligter nicht ausgeschlossen …

Klare Ansage

»Aufmucken, Blut spucken.«

»Ball flach halten.«

»Fresst meinen Staub!«

»Glauben heißt nicht wissen.«

»Haben kommt von behalten.«

»Ich glaube, ich krieg einen Fön.«

»Komm auf den Punkt! Keiner mag Angeber.«

»Konzipier es idiotensicher und einer macht einen besseren Idioten.«

»Lass uns Freunde bleiben.«

»Man gewöhnt sich an alles.«

»Meine Meinung steht fest, bitte verwirren Sie mich nicht mit Tatsachen.«

»Mir rutscht gleich die Hand aus.«

»Moin sagt der Bauer, wenn er in den Stall kommt.«

»Wir brauchen keinen König ohne Land.«

»Wir sind hier nicht auf der Autobahn.«

Tiere vorspannen

»100 Millionen Fliegen können nicht irren: Leute, fresst Scheiße!«

»Das ist der Spagat zwischen Pony und Ackergaul.«

»Der Wurm muss dem Fisch schmecken und nicht dem Angler.«

»Es bringt nichts, ein totes Pferd weiter anzutreiben.«

»Ich glaube, mein Bandwurm tanzt Tango.«

Anrüchig

»Ausziehen und hinlegen, wir müssen reden.«

»Bück dich, Fee – Wunsch ist Wunsch.«

Das kann ich

»Da können Sie mich nachts wecken, und ich sage es Ihnen.«

»Das kann ich jedem ins Buch schreiben.«

»Zum Lachen gehe ich dann mal in den Keller.«

Einzig und allein

»Das Einzige, das uns die Weltraumforschung bis jetzt gebracht hat, ist die Teflonpfanne.«

»Das Einzige, was hier klappt, sind die Türen.«

Nicht mit mir

»Das ist nicht mein üblicher Modus Operandi.«

»Es gibt viel zu tun, nichts wie weg.«

»Ich habe keine Zeit, mich kurz zu fassen, schrieb mal Goethe.«

»Mobbing ist auch eine Form von Gewalt.«

»Undank ist der Welten Lohn.«

Tragisch, ist aber so

»Dort geht man mit seiner Meinung rein und mit einer anderen nach Hause.«

»Verdammte Axt.«

Wenn das Wörtchen »Wenn« nicht wäre

»Und wenn der Bauer nicht schwimmen kann, dann ist die Badehose schuld.«

»Wenn ich wollte, dass Sie wüssten, was ich denke, dann würde ich es Ihnen sagen und nicht denken.«

»Wenn mein Parkett kaputt ist, reiß ich ja nicht gleich das ganze Haus ab.«

Ähnlichkeiten gesucht

»Auch wer gesund stirbt, ist definitiv tot.«

»Das beste Wetter nützt einem nichts, wenn es regnet.«

»Das haben wir dann als Gürtel zum Hosenträger.«

»Das ist, als ob man mit rostigen Gabeln in offenen Wunden bohren würde.«

»Das ist überflüssig wie ein Kropf.«

»Donner ist gut und eindrucksvoll, aber die Arbeit leistet der Blitz.«

»Hier geht's doch nicht um Karte oder Bargeld.«

»Hier wird nicht widersprochen, das ist doch keine Waldorfschule.«

»Scheiße fällt nach unten.«

»Timing hat viel mit dem Ergebnis eines Regentanzes zu tun.«

»Wir können keine europäischen Probleme lösen, indem wir deutsche Fragen stellen.«

Chefs sind Alphatierchen. Damit geht leider oftmals ein hohes Maß an Eigenliebe, Selbstgerechtigkeit und Selbstüberschätzung einher. Selten lassen sie eine Möglichkeit aus, uns ihre fantastischen Heldengeschichten zu erzählen, wann sie beispielsweise welche sensationelle Entscheidung getroffen haben, die das Überleben der Firma sicherte, den aktuellen Erfolg ausmacht oder wieso das Unternehmen ohne ihre Hilfe gar nicht mehr existieren würde. Diese kleinen Anekdoten rundet der Chef abschließend gerne mit einer sorgfältig gewählten Ergänzung ab.

Angeben bis Anschlag

»Auf den mache ich so viel Druck, der kommt als Rohdiamant aus dem Meeting – falls er überhaupt wieder rauskommt.«

»Für mein Alter bin ich unglaublich gut in Form – ganz offensichtlich gute Gene.«

»Ich bin der Beste.«

»Ich brauche keine Seminare, ich weiß schon alles.«

»Ich kann so viel Druck aufbauen, dass ich damit alles erreiche – mit Druck bringe ich Schäfchen zum Fliegen.«

»Nachrichten lese ich nicht, ich mache sie.«

»Ohne mich wäre diese Firma gar nichts.«

»Singen kann ich nicht, aber in der Lautstärke schlägt mich keiner.«

Chefliche Aufklärung

»Große Worte, gelassen ausgesprochen.«

»Ich bin immer oben und wenn ich unten bin, dann ist unten eben oben.«

»Ich habe zwar einen großen Wortschatz, aber dazu fällt mir nur geil ein.«

»Ich stelle keine Fragen, ich komme, wenn ich gebraucht werde.«

»Sie sollten nicht kritisieren, was über Ihren Verstand hinausgeht.«

Von Gott und Genies

»Ich bin der Chef und deswegen hört man mir zu.«

»Ich bin ein Genie.«

»Irgendwie habe ich immer den Eindruck, dass alle gerne so wären wie ich.«

»Mich hat Gott auf jeden Fall nach seinem Ebenbild erschaffen.«

»Sei in deinem Tun ein Gott – nehmen Sie sich ein Beispiel an mir.«

»Stellen Sie sich mal vor, Sie wären ich. Das ist doch ein tolles Gefühl, nicht wahr?«

Eine Situation, die man in der Regel als Mitarbeiter eher selten erlebt, die aber dennoch vorkommt: Der Chef muss sein Tun und Handeln verteidigen oder rechtfertigen. Aber er wäre nicht der Chef, wenn ihm das Schwierigkeiten bereiten würde. Die meisten meiner Gesprächspartner wenden dabei in erster Instanz ein Verzögerungsschema an, das in der Regel vier Faktoren berücksichtigt: Status, Prio, Ergebnis und Entscheidung, gefolgt von einer Floskel, die der Situation den erforderlichen Spielraum geben soll, indem man selbstbewusst demonstriert, dass alles unter Kontrolle sei. Damit können sie zu nahezu jedem Thema Stellung beziehen, ohne diese tatsächlich einnehmen zu müssen. Ich erkläre dies an einem Beispiel:

Vorstand: »Herr Manager, laut den eben eingetroffenen Zahlen ist das Ergebnis unseres Standortes in Italien hochdefizitär. Das fällt in Ihr Resort. Bitte klären Sie mich auf.«

Manager: »Herr Vorstand, der Sachverhalt ist uns grundsätzlich bekannt, jedoch liegen uns die Zahlen eben erst zur Durchsicht und Prüfung vor (Status). Das hat derzeit oberste Priorität (Prio), und das Team und ich arbeiten an der Fertigstellung der Ergebnisse, um eine handfeste Grundlage für weitere Entscheidungen zu schaffen (Ergebnis/Entscheidung). Wir versetzen uns in die Rolle des Advocatus Diaboli. (Floskel)«

Danach steht meist genügend Zeit zur Verfügung, um der Situation auf den Grund zu gehen oder einen Schuldigen zu suchen. Folgende Floskeln begegnen mir in diesem Zusammenhang:

Als Ratschlag verpackt

»Alte Gewohnheit ist stärker als Brief und Siegel.«

»Ausnahmen bestätigen die Regel.«

»Ein rostiges Dach hat einen feuchten Keller.«

»Erst der Gedanke macht das Wort zum Schwein.«

»Lieber schwedische Gardinen als gar keine Vorhänge.«

»Man muss die Feste feiern, wie sie fallen.«

»Nehmt das Leben nicht so ernst, ihr kommt nicht lebend raus.«

»Ohne Umsatz macht alles keinen Spaß.«

»So steht es auch in der Prophezeiung.«

»Stumpf ist Trumpf.«

»Viel hilft viel.«

»Wenn Sie jemandem 100 Euro leihen und diese Person nie wiedersehen, dann war es die 100 Euro definitiv wert.«

So nicht

»Arbeit hat Vorfahrt.«

»Da war das Kind schon im Brunnen.«

»Darin bin ich nicht geschult.«

»Das geht doch nicht auf Knopfdruck.«

»Das kann passieren, darf aber nicht.«

»Es hat sich noch keiner über einen defekten Fallschirm beschwert.«

»Es hilft ja nichts.«

»Ich arbeite strategisch konzeptionell – für solche Feinheiten habe ich kein Gespür.«

»Klingt komisch, ist aber so.«

»Mein Auto fährt auch ohne Wald.«

Tierische Ausreden

»Besser den Spatz in der Hand als die Taube auf dem Dach.«

»Da wollte ich Sie nur noch schnell aufs Pferd setzen.«

»Der Teufel ist ein Eichhörnchen.«

»Ich bin kein Vegetarier, weil ich Tiere liebe, sondern weil ich Pflanzen hasse.«

»Mit mir kann man Pferde stehlen.«

»Natürlich ist Gewalt eine Lösung, ein Torero kann den Stier ja auch nicht totquatschen.«

»Ich bin nur der Jockey – wenn Sie mich auf ein totes Pferd setzen, dann ist das Ihre Schuld.«

Sportliche Ausreden

»Der Pokal hat seine eigenen Gesetze.«

»Im Elfmeterschießen wird auch der Torwart ein Großer.«

Hab ich recht oder hab ich recht.

»ABI-Light. Kein Punkt zu viel.«

»Am 15. ist der 1. für mich.«

»Das ist wie Weihnachten – es kommt jedes Jahr wieder unerwartet.«

»Geld allein macht nicht glücklich – es muss einem schon gehören.«

»Nachts sind alle Ampeln grün.«

Wer nicht entscheidet, macht nichts falsch

»Da komm ich in Schwulitäten.«

»Das kann nur der Chef entscheiden, aber der ist gerade nicht im Haus.«

»Ich spiele jetzt mal den Advocatus Diaboli.«

»Warum ein Sixpack, wenn man ein ganzes Fass haben kann?«

Leider kann ich Ihnen unter dieser Kategorie kein einziges Beispiel liefern. Es war nicht der Fall, dass die Führungskräfte, mit denen ich gearbeitet habe, nie einen Fehler gemacht hätten, aber kein Einziger von ihnen hat jemals einen eingestanden – sie wussten immer nur ganz genau, wer schuld hatte und das waren niemals sie.

Kennen Sie den Ausdruck Charismatic Leadership? Das bedeutet, dass die jeweilige Führungspersönlichkeit aufgrund ihres Auftretens, ihrer Aura, ihres Charismas es schafft, dass Mitarbeiter sich automatisch mit ihr identifizieren. Personen, die diese Eigenschaft besitzen, sollen laut Managementtheorie hervorragende Ergebnisse, bei gleichzeitiger Begeisterung der Mitarbeiter für ihr Tun und Handeln, erzielen. Da es bekanntlich der erste und letzte Moment sind, die uns beim Aufeinandertreffen mit anderen besonders im Gedächtnis bleiben, sollte jeder für einen starken Auftritt und einen noch stärkeren Abgang gerüstet sein. Einige Führungskräfte liefern hierfür tolle Beispiele:

Nicht ganz stubenrein

»Alles fit im Schritt?«

»Buongiorno, John Porno.«

»Mensch, du alte Peitsche. Wie hängt es?«

Stadt, Land, Frust

»Alles easy in Brindisi?«

»Alles roger in Kambodscha?«

»Alles stramm in Vietnam?«

»Mensch, Sie hier und nicht in Hollywood?«

»Um halb sechs muss ich vom Hof reiten.«

Wie geht's?

»Wie es mir geht? Es muss ja.«

»Wie es mir geht? Ich kann nicht besser klagen.«

»Wie es mir geht? Schlecht – verkatert und müde.«

»Wie es mir geht? Schlechter geht immer.«

»Wie es mir geht? Schlechtes Licht, Brille vergessen und alles ist zu klein geschrieben.«

Gehen ist die beste Medizin

»Heute gilt das Zahnarztprinzip: nicht so tief bohren, früher gehen. Adieu.«

»Paris, Athen, auf Wiedersehen.«

»Schönes Knochenende.«

Natürlich werden Geschäfte nicht nur im Büro gemacht, und was eignet sich besser, als in gemütlicher Runde den Geschäftsabschluss mit dem Ausbringen eines Toastes zu besiegeln? Zu Beginn der Veranstaltung sind diese Trinksprüche meist geistreicher Natur oder zumindest von einem gegenseitigen Lob begleitet. Mit zunehmender Intensität des Abends verlieren diese jedoch an Sachlichkeit, und die Teilnehmer versuchen, die Heiterkeit immer weiter anzuheizen, indem sie dem vorangegangenen Trinkspruch immer wieder einen oben draufsetzen. Auf Situationen dieser Art sollte jeder vorbereitet sein und daher folgt ein kleines, hilfreiches Repertoire an Trinksprüchen, die ich während diverser Geschäftsessen sammeln konnte:

Frei von der Leber weg

»Ich bin schon ordentlich gehasselhofft. Prost.«

»Ich kann auch trinken, ohne Spaß zu haben.«

»Ich trinke nichts Stärkeres als Gin vor dem Frühstück.« (W.C. Fields)

»Ich trinke Ouzo, was machst du so?«

»Man ist nicht betrunken, solange man auf dem Boden liegen kann, ohne sich dabei festzuhalten.«
(Dean Martin)

»Wenn mich jemand fragt, ob ich Wasser zu meinem Scotch möchte, antworte ich, dass ich durstig bin und nicht schmutzig.« (Joe E. Lewis)

Zu späterer Stunde

»Auf den Weltfrieden und dicke Titten!«

»Champagner für alle! Und Sekt für die Huren.«

»Glück bedeutet einen anständigen Whisky, ein anständiges Essen, eine anständige Zigarre und eine anständige Frau … oder eine unanständige Frau – je nachdem, wie viel Glück man verkraften kann.« (Robert Burns)

»Prost Frau Gräfin, Prostata Herr Graf. Und Prostitutas sagt der Spanier.«

Kurz, aber poetisch

»Auch Wasser wird zum edlen Tropfen, mischt man es mit Malz und Hopfen!«

»Das Wasser gibt dem Ochsen Kraft, dem Menschen Bier und Rebensaft, drum danke Gott als guter Christ, dass du kein Ochs geworden bist.«

»Wasser macht weise und lustig der Wein. Darum trinken wir beides, um beides zu sein.«

Short and pregnant

»Lieber Rum trinken als rumsitzen.«

»Lieber Starkbier als Shakespeare.«

Speaking internationally

»Here's to a long life and a merry one, a quick death and an easy one, a pretty girl and a true one, a cold beer, and another one.« (Lewis C. Henry)

»Here's to bein' single …drinkin' double …and seein' triple!«

»The only time I ever said no to a drink was when I misunderstood the question.« (Will Sinclair)

Keiner weiß mehr als der Chef – das ist Unternehmensgesetz. Deshalb darf der Chef auch in medizinmännischer Manier gute Ratschläge erteilen und verweist auch gern auf intelligente Zitate, die auf Bildern oder Postern in seinem Büro stehen – auch wenn vielleicht nicht jedes Chefbüro aussieht wie das von Barney Stinson, was die Menge der Motivational Poster angeht. Aus Erfahrung kann ich Ihnen sagen, dass dies immer wieder die gleichen Zitate sind. Wenn Sie die folgenden also kennen, werden Sie selten noch irgendwo eine überraschende Weisheit verkauft bekommen. Vielleicht finden Sie aber hier ein tolles Zitat für Ihren Chef, das Sie ihm zum Geburtstag oder Jubiläum in Posterform schenken können.

Bescheidenheit

»Der Reichtum eines Menschen bemisst sich an der Zahl der Dinge, um die er sich nicht kümmern muss.« (Henry David Thoreau)

»Die einfachsten Dinge im Leben sind auch die schönsten. Das erkennen aber nur die komplizierten Geister.« (D.H. Lawrence)

»Was hilft die Weite des Weltalls, wenn die Schuhe zu eng sind?«

»Wer nichts begehrt, dem geht nichts ab.«

Charismatic Leadership

»Man muss denken, wie die wenigsten und reden wie die meisten. (Arthur Schopenhauer)

»Menschen unter Druck denken nicht schneller.« (Tom DeMarco)

Ehrlichkeit

»If you tell the truth, you don't have to remember anything.« (Mark Twain)

Pragmatismus

»Das erste Anzeichen, dass wir nicht wissen, was wir tun, ist eine Besessenheit von Zahlen.« (Johann Wolfgang von Goethe)

»Die Frage ist nicht, was man betrachtet, sondern was man sieht.« (Henry David Thoreau)

»Entscheide lieber ungefähr richtig, als genau falsch.« (Johann Wolfgang von Goethe)

»Ich liege lieber grob richtig als exakt falsch.« (Franz-Josef Strauß)

Mut

»Dem Gehenden schiebt sich der Weg unter die Füße.« (Martin Walser)

»Lerne, dass Siege wie Niederlagen zum Leben eines jeden gehören – außer zum Leben der Feiglinge.« (Paulo Coelho)

»Misserfolg ist die Chance, es beim nächsten Mal besser zu machen.« (Henry Ford)

»Nur keine Angst vor der Perfektion – Sie werden sie nie erreichen.« (Salvador Dalí)

»Nur tote Fische schwimmen immer mit dem Strom.«

»Was immer du tun kannst oder wovon du träumst – fange es an. In der Kühnheit liegt Genie, Macht und Magie.« (Johann Wolfgang von Goethe)

Originalität

»Um Anstöße zu geben, muss man anstößig sein.« (Kurt Weidemann)

»Wenn es nur eine einzige Wahrheit gäbe, könnte man nicht hundert Bilder über dasselbe Thema malen.« (Pablo Picasso)

»Wer zur Quelle will, muss gegen den Strom schwimmen.«

»Wo alle gleich denken, denkt keiner sehr viel.« (Walter Lippmann)

Stärke

»Der Nachteil der Intelligenz besteht darin, dass man ununterbrochen gezwungen ist dazuzulernen.« (George Bernard Shaw)

»Wer seinen Feind umarmt, macht ihn bewegungsunfähig.«

Tüchtigkeit

»Bleibt hungrig, bleibt verrückt!« (Steve Jobs)

»Geh nicht nur die glatten Straßen, geh Wege, die noch niemand ging, damit du Spuren hinterlässt.« (Antoine de Saint-Exupéry)

»Kontinuierliche Verbesserungen sind besser als hinausgezögerte Vervollkommnung.« (Mark Twain)

»Langeweile ist die Windstille der Seele.« (Friedrich Nietzsche)

»Nichts ist dem wahren Glück so sehr im Wege, wie die Gewohnheit, etwas von der Zukunft zu erwarten.« (Leo Tolstoi)

»Seid unbequem, seid Sand, nicht das Öl im Getriebe der Welt.« (Günter Eich)

»Um wirklich glücklich zu sein, braucht man einen Menschen, den man liebt, eine Aufgabe und eine große Hoffnung.« (Ricarda Huch)

»Wenn die Arbeit sinnlos ist, dann nähert sich auch das Leben der Sinnlosigkeit.« (Abraham Maslow)

Der übermäßige Gebrauch von Anglizismen und Modewörtern wird grundsätzlich den Unternehmensberatern angelastet. Jedoch ist diese Sichtweise ziemlich antiquiert. Denn der Beitrag, den die Consultants zur deutschen Sprache abgeliefert haben und abliefern, ist schon längst aus dem normalen Berufsalltag nicht mehr wegzudenken. Falls Sie bei einer Firma mit mehr als 1000 Mitarbeitern beschäftigt sind, halte ich es für wahrscheinlich, dass Sie im Verwaltungsbereich oder der Chefetage des Unternehmens regelmäßig auf feinsinnige, kreative Formulierungen treffen, deren professioneller Klang oft indirekt proportional zum tatsächlichen Effekt ist. Diese Buzzwords haben sich in viele Bereiche der Arbeitswelt eingeschlichen und sind mittlerweile fester Bestandteil des täglichen Sprachgebrauches geworden. Mit der folgenden Phrasenübersicht sollten Sie im Beraterdeutsch problemlos die Oberhand behalten. Aber seien Sie vorsichtig, denn eine Erfahrung aus unseren Projekten ist, dass Personen, die sich überaus häufig mit Buzzwords schmückten, eher zu Statisten denn zu Protagonisten taugen.

Buzzword	Bedeutung / Erläuterung
action item	Aufgabe innerhalb einer Aufgabenliste
action list	Aufgabenliste
add-on	Zusatznutzen
assessment	Abschätzung, Bewertung, Prüfung
audience	Publikum, Zuhörer, Teilnehmer
awareness-call	Durch ein Telefonat Aufmerksamkeit erzeugen
B2B	business to business, Firmenkundengeschäft
B2C	business to consumer, Privatkundengeschäft
backlog	Rückstand, Nachholbedarf
bandwidth	Bandbreite, Frequenz
beauty contest	eigentlich Schönheitswettbewerb, Verwendung für Verkaufsgespräche
benchmarken	etwas mit einer Vergleichsgruppe ins Verhältnis stellen
big tickets	wichtiger Geschäftsabschluss
blind activism	blinder Aktivismus, gedankenloses Handeln
blue-sky thinking	freies, schrankenloses Denken
Boxenfunk	Stimmung auf operativer Ebene
break-out session	geplante Abweichung von der Tagesordnung
budget	Budget, Etat
business incubator	unterstützender Faktor für Geschäftsabschlüsse
cascading	kaskadierend, sich stufenweise aufbauend
case	Planrechnung, Szenario
challenge	Herausforderung, zu behebendes Problem oder als Verb einen Sachverhalt, eine Herausforderung, ein Problem überprüfen oder hinterfragen
change indicator	Messgröße, Anzeiger von Wandel
cold run	Generalprobe
competence	Kompetenz
complexity	Komplexität
consequences	Konsequenzen
cost optimization potential	Einsparpotential

Buzzword	Bedeutung / Erläuterung
cream on top	zusätzlicher Gewinn / Bonus
create impact	Einfluss / Wirkung schaffen
crowd sourcing	Schwarmintelligenz
customer-centric approach	Vorgehensweise, die den Kunden in den Mittelpunkt stellt
deadline	Termin
due diligence	sorgfältige Prüfung
dynamic	dynamisch
enabler	Parameter, Wegbereiter, Treiber
executive level	Führungsebene
findings	Ergebnisse, Befund, Resultate
friction loss	Reibungsverlust, Erklärung voraussichtlich unbegründeter Ergebnisminderungen
frozen zone	Bereich, in dem der Status quo vorerst unverändert bleibt
full-scope	ganzer, übergreifender Umfang
full-time equivalents	Quantifizierungseinheit für Arbeitszeit in Vollzeitpersonen
global	global
globalization	Globalisierung
governance structures	Führungsstrukturen
hard launch	Start, Zugänglichmachung, Revision innerhalb der Zielnutzer- bzw. Teilnehmerzahl
heat map	Unterlage, die Kernaufgaben beschreibt
helicopter view	Sicht auf das große Ganze
indicate	andeuten, hinweisen
integrated	integriert
key note	Grundgedanke
key performance indicator	Leistungsmesser
key player	wichtiger Teilnehmer
know how creation	Wissen schaffen
knowledge management	Wissensmanagement
landscape view	Sicht auf das große Ganze

Buzzword	**Bedeutung / Erläuterung**
leadership	Führung, Vorbild
leverage	Hebelwirkung
local	lokal
low-hanging fruit	einfach zu erreichende Ergebnisse
main issues	zentrale Fragen, Schwierigkeiten
management	Führung, Leitung
message	Nachricht
milestone	Meilenstein, Zwischenergebnis innerhalb von Projekten
multi-project management	parallele Planung und Steuerung mehrerer Projekte
need creation / generation	Schaffung von Erfordernis, Notwendigkeit, Bedarf erzeugen
non-executive level	operative Ebene
offshoring	Verlagerung von Funktionen, Prozessen oder Standorten ins Ausland
one-offs	Einmalkosten
on-shoring	Verlagerung von Funktionen, Prozessen oder Standorten ins Inland
open action item	offener Punkt einer Aufgabenliste
optimization	Verbesserung, Effizienzsteigerung
out of the box	hervorragend
output	Ergebnis, Leistung
peer group	Vergleichsgruppe
performance-related	leistungsbezogen, erfolgsabhängig
pitch	Verkaufsgespräch
potential	Können, Potenzial, Leistungsvermögen
prima inter pares	Erste unter Gleichen, Bezeichnung für weibliches Mitglied einer Gruppe, das eine besondere Ehren- oder Leistungsposition einnimmt, ohne gesonderte hierarchische Stellung
primus inter pares	Erster unter Gleichen, Bezeichnung für männliches Mitglied einer Gruppe, das eine besondere Ehren- oder Leistungsposition einnimmt, ohne gesonderte hierarchische Stellung

Buzzword	Bedeutung / Erläuterung
proactive	mit hoher Initiative, hohem Eigenantrieb
project board	Lenkungsausschuss von Projekten
quick check	Schnellprüfung, Querprobe
quick win	Aktivität, die schnellen Erfolg verspricht
reactive	reagierend, eingehend
realization	Umsetzung, Überführung in die Praxis
recover	rückgewinnen, wieder aufrappeln, aufpäppeln
redundancy	Freisetzung, Kündigung, Anfindungskosten
requirement	Anforderung, Bedürfnis, Voraussetzung, Rahmenbedingung
re-shaping	Anpassung, Reorganisation
re-organization	Umstrukturierung, Reorganisation
resource	Einsatzmittel, Ressource, Mitarbeiter
result-oriented	ergebnisorientiert
risk issues	Risiken, denen eine hohe Eintrittswahrscheinlichkeit zugesprochen wird
scalable	erweiterbar, skalierbar, flexibel
sense check	Sinnprüfung
shareholder value	Unternehmenswert
show stopper	K.-o.-Kriterium
slice-and-dice	Komplexitätsreduzierung mittels Aufteilung einer Menge oder eines Vorgangs in kleinere Einheiten
soft launch	Start, Zugänglichmachung, Revision innerhalb einer definierten, begrenzten Nutzer- bzw. Teilnehmerzahl
sounding	Stimmung
stakeholder	Interessensvertreter oder -gruppe
steering committee	Lenkungsausschuss von Projekten
storyline	Handlung, Handlungsstrang
strategic	strategisch, langfristorientiert
strategy	Strategie
supply chain optimization	Verbesserung einer logistischen Kette
sustainability	Nachhaltigkeit, Langfristorientierung

Buzzword	Bedeutung / Erläuterung
synergies	Synergie, Zusammenwirken
tactical	taktisch, kurz- oder mittelfristigorientiert
target-oriented	zielorientiert
task force	Arbeitsausschuss, Arbeitsgruppe
think global	global denken
transformation	Reorganisation, Umgestaltung, Umstrukturierung
transparency	Klarheit, Transparenz, Komplexitätsreduzierung
underpin	stärken, stützen, untermauern
unique selling proposition (USP)	Alleinstellungsmerkmal, besonderes Verkaufsargument
usability	Benutzerfreundlichkeit, Verwendbarkeit
value chain analysis	Untersuchung einer Wertschöpfungskette
value-added	mehrwertschaffend
war story	Anekdote, Handlungsstrang für roten Faden von Gesprächen oder Präsentationen
web-based solution	internetbasierte Lösung
win-win situation	Lösung, die den Anforderungen aller Parteien gerecht wird
workstream	Arbeitspaket

Für das Plattitüden-Poker wird eine sehr vereinfachte Form des Pokerspiels verwendet, da anstatt auf Kartenwerten und -farben auf Plattitüden gesetzt wird und diese nicht nach einer entsprechenden Klassifizierung zu unterscheiden sind. Relevant für die Spieler ist daher nur die erreichte Anzahl an Plattitüden.

Das herkömmliche Pokerspiel wird normalerweise mit 52 Karten gespielt und hat zum Ziel, mit einer Kombination aus in der Regel fünf Karten (genannt Hand), die der anderen Mitspieler zu überbieten. Die jeweilige Hand wird nach der Höhe der Kombination bewertet, die wiederum von deren Wahrscheinlichkeit abhängt. Das heißt, eine Hand, deren Zusammenstellung unwahrscheinlicher ist, ist besser als (schlägt) eine wahrscheinlichere. Dazu gibt es diverse festgelegte Kombinationen, die Sie sicher schon einmal gehört haben: Paar, Drilling, Straße, Poker etc.

Und nun wieder zum Plattitüden-Poker:

Für ein Spiel sind mindestens zwei Spieler erforderlich, die bei einem Meeting, einer Präsentation oder sonstigen spaßigen Treffen im Job-Universum bereit sind, gegeneinander anzutreten. Momentan gibt es zwei bekannte Spielvarianten:

A) Die Passive

Zu Spielbeginn wählt jeder Mitspieler fünf Plattitüden aus, dabei wählt jeder Spieler eine andere Fünfergruppe. Diese werden miteinander abgestimmt, um späteren Ausflüchten vorzubeugen. Danach folgt die Klärung des Wetteinsatzes. Hierfür eignet sich so Einiges, wie z.B., dass der Verlierer die Kaffeepads auffüllen, er einen Tag lang ein T-Shirt mit dem Aufdruck »kein Bock auf Arbeit« tragen, eine Woche lang seinen Papierkorb mit der Aufschrift »Posteingang« auf seinen Tisch stellen oder laut »Eisgekühlter Bommerlunder« singen muss, während er zehn Runden im Innenhof rennt – der Fantasie sind hier keine Grenzen gesetzt.

Dies wäre ebenfalls der richtige Moment, um Wetteinsätze in die Höhe zu treiben – das hängt natürlich von Ihrer Risikobereitschaft und Ihrem Verhandlungsgeschick ab. Mit diesen zwei Schritten ist die Vorbereitung des Spiels abgeschlossen.

Alle Spieler befinden sich nun in dem beruflichen Treffen und haben jeweils fünf Plattitüden in ihren Unterlagen notiert. Jetzt heißt es, gut aufzupassen, denn wenn eine der Plattitüden genannt wird, muss derjenige Spieler, der diese bei sich notiert hat, die Person und die Uhrzeit zur genannten Plattitüde festhalten (neben den Sprüchen sollte Platz für Notizen sein). Sobald jede der Plattitüden eines Spielers mindestens einmal genannt wurde, hat dieser einen Flush, was die höchste zu erreichende Kombination darstellt. Wenn einer der Spieler diese erreicht, muss er laut »Flush« in die Runde rufen und hat das Spiel damit gewonnen – vorausgesetzt, er hat nicht geschummelt.

Die zweithöchste Kombination ist der Poker. In diesem Fall müssen vier von fünf Plattitüden während des Meetings genannt worden sein. Danach folgen der Drilling (drei von fünf) und das Pärchen (zwei von fünf).

Falls keiner während der Runde einen Flush hat, wird nach Abschluss der Besprechung verglichen, wer die höchste Kombination (Hand) besitzt.

Für den Fall, dass keiner eine Hand hat, gewinnt der Spieler, der im Spielverlauf zuerst eine Plattitüde abhaken konnte. Dies gilt ebenfalls für gleiche Kombinationen. Falls zwei oder mehr Spieler dieselbe Hand haben, gewinnt derjenige, der diese früher erreicht hat.

B) Die Aktive
Meist wird das Spiel noch interessanter, wenn sich die

Mitspieler ihre Plattitüden nicht aussuchen dürfen und diese selbst aktiv in das Meeting einbringen müssen. Das heißt, dass jeder Mitspieler seine Plattitüden zufällig aus einer vorab zusammengestellten Sammlung zieht und anstatt nun darauf zu warten, dass ein Teilnehmer des Meetings diese erwähnt, der jeweilige Spieler diese selbst nennen muss. Und wer zuerst seine fünf Plattitüden im Rahmen der Besprechung unterbringt, ruft »Flush« und hat damit das Spiel gewonnen. Alles andere verläuft analog zur passiven Variante.

Und nun viel Spaß beim Plattitüden-Poker.

P.S. Überlegen Sie sich auch, was Sie mit »Falschspielern« machen. Früher wurden diese geteert und gefedert …

Projekt Fortsetzung

Ich hoffe, dass Ihnen dieses kleine Buch große Freude bereitet hat und es Ihnen ähnlich wie meinen ehemaligen Kollegen erging, die teilweise Tränen lachten, als sie die Sprüche gelesen haben. Aufgrund des positiven Feedbacks und Nachfrage der bisherigen Leser nach einer Fortsetzung, möchte ich ungern wieder ein paar Jahre ins Land ziehen lassen, bis die nächsten 500 Floskeln zusammengetragen sind. Daher würde ich mich über Unterstützung freuen, um die Zeit bis zum Nachfolger zu verkürzen.

Falls Sie Interesse daran haben, mich bei meinem Vorhaben zu unterstützen, besuchen Sie www.plattitüden-poker.com (falls Ihr Browser keine Umlaute unterstützt www.plattitueden-poker.com) und posten Plattitüden aus Ihrem Arbeitsumfeld. Falls Ihr Beitrag in einem Folgebuch erscheint, werden Sie natürlich an entsprechender Stelle im Buch genannt. Ich freue mich auf Ihre Sprüche und Plattitüden und die damit in Verbindung stehenden Erlebnisse.

Bis dahin,
beste Grüße

Ihr Peter Derber